胴吹き桜

高田昭子

思潮社

胴吹き桜　高田昭子

思潮社

目次

装幀＝思潮社装幀室

胴吹き桜

軍靴

豪雨のなか
若い兵士の亡骸はすでに大地に溶けようとしていた
しかし古びた軍靴は歩き出そうとしていた
どこへ？　祖国へ！

何故自分はここにいるのか
亡骸はつぶやく
お前はどこへ行くのか
海を渡る、と軍靴がつぶやく

若い兵士は
どの地で産声をあげたのだろうか
そこからどこへ？　何度？　移動したのか？
海を渡ったのか
どの母親から生まれたのか
父親は誰か
恋人は待っているか
記憶は抹消され
死の物語はすべて一様となる

それぞれの一つの死が
山積し　散乱する
大地はすべてを抱きよせることができるだろうか
深い怒りは死とともに眠ったか

いや　疲れた軍靴は尚も歩こうとしているのだ

雨音が遠ざかってゆく
海の青が深まるとき
虹の足が降りてくる
兵士の軍靴に……。

《浜田知明作・風景》に寄せて。

父の膝

二歳の孫娘を
胡坐の上に乗せて
（そこは幼かった私が好きだったところ）
父は白黒テレビを観ていた
中国残留孤児たちが
涙声で顔もわからない父母に語りかけている
必死の叫び

父は泣いていた

（父の涙を初めて見た）
父の膝は震えていた
幼い孫娘はそれを感じとった

不思議そうに振り返って
老いた大人の涙を見ている
立ち上がって　膝に乗って
お気に入りのハンカチで拭っている
ああ　小さな手の大きな力

間もなくお姉ちゃんになるのね

赤子

胎内にて
たった十ヶ月で
気の遠くなるような人類のすべての進化を成し遂げて
この世に産声をあげる赤児に魅せられている

大声で産声をあげながら
海を出て　地上の生き物となって
まだ見えない世界に微笑みかけている

小さな布団一枚ほどの宇宙に寝転んで
柔軟な手と足で（足指を舐められる！）まさぐっている
赤児はキャッキャと世界を笑い飛ばしている

世界は興味深いことに
満ちているから
清らかな唾液で舐めてみる
世界はおいしいよ

テレビ画面では
戦後に生まれ
六十年以上も生きた男が
米軍の船の上で陶酔した顔を上げて
帽子を胸にあてている

この男の赤児の時代が想像できない
この男はおそらく自ら苦しむこともなく
戦争を始めるだろう

ヒトの柔らかなからだとこころは
どこで分かれていくのか？
今日も赤児は世界を舐め清めている

おんぶ

電車のなかでベビーカーに足を踏まれた
したたか痛いけれど　私は何も言わないわ
女性による女性バッシングはしない
年長者は若い人にお説教はしない
世の中が電車にベビーカー（乳母車とも言う）を
許す時代が来たのだから
新しい一歩なのだから

それでも密かに思う

「おんぶがいいなぁ。」

かつての記憶が立ち上がる
まだ歩かない幼子が目覚めて
姿の見えない母親に抗議の泣き声をあげる
その声に呼ばれて　幼子を抱き上げて
おんぶをしながら料理をする

互いの温もりをまぜて
幼子の声を聴きながら
私は幼子よりも安らいでいた
「おんぶはいいなぁ。」

幼子は祖母にもおんぶされる
そして若い母親の小さな時を懐かしむ

「あなたをおんぶして満洲から引き揚げてきました。」

一九四六年秋　満洲からの引揚げ
二歳の私をおんぶして故郷に着いた途端
腰を抜かした母の背中から
私を抱き上げて下さったのは祖母だった

三歳まで歩けなかった幼い私が
いざりながら
針仕事の祖母の背中にまわり
割烹着の紐を解いたり結んだり
おとなしく遊んでいたらしい
「遊び上手な子」と祖母は褒めたらしい

「高田馬場です。」

電車を降りる　背中には小さなリュック
駅の売店では　若者のデモのニュース
「いいなぁ。　NO　WAR！」

てて っぽっぽう

遅い朝食のテーブルにいると
いつも聴こえてくる鳴き声
あれはかの詩人の「ててっぽっぽう」*の声だ
いや、それは声ではなく
声が聴こえる方角だったかもしれない
明け方に哀しい涙だけを運んでくるひとの……

あの日

父は無花果を食べていた
庭の無花果の木では
ててっぽっぽうの声がする
その時初めて
ててっぽっぽうと聴こえた
かの詩人と初めて繋がった思いを
父に告げた

父は「そうか」と言って
黙って無花果を食べていた
しばらくしてから
「古里では、ででっぽうと言っていたな。」と言った
濁音と清音が息づく様々な古里の言葉
南から北へとのぼりながら
言葉は素朴な濁音をまとってゆくようだった

あの日から
父は北の古里ばかりを恋うていた

てて っぽっぽう
ででっぽう
父はすでにいない
明け方にみる父の夢と
遅い朝食はいつでも淋しい

＊ 永瀬清子『あけがたにくる人よ』

冬の父

遠い日の冬の午後
病床の父は浅い眠りから覚めて
「もういいか?」と小声で問う
「もう少し眠ってからね。」
温めた手のひらで父の瞼に触れる

窓辺では
庭に来た小鳥の声に合わせて
母が歌を歌っています

母は少女に帰ったまま
こちらに戻ってきません
私の名前はいつからか叔母の名前になって
すでにこの世にいない両親を探しています

「この母親を置いて、父親の私が逝ってもいいか？」
これが父の問いである
どうにもならないことだから
ただ温い手と冷たい手が繋がって
母を見つめるだけ

誰もが幸せではない
父と母と私とたった三人で過ごす冬の午後
母よ

あなたは戦後の苦しい思い出をすべて忘れてしまった
父よ
ソ連兵に追われた夢をみないで……

桜

開花宣言の朝
季節の記憶を加算する
小鳥はみずからの重さに耐えうる枝を記憶する
さえずりに大気はわずかに揺らぐ

生きることも（花咲くことも）
死ぬことも（散ることも）
幕間のつぶやき
「はやばやと死に迎えられる。待ってくれ。

その酒はまだのみかけなのだ。」*

花に酒　死（詩）に酒
喜びに酒　悲しみに酒　怒りに酒
ぼろぼろの胃袋を酒で浄めて
父は倒れた
桜散る日に

「おれの生涯　お酒に漬けた
消毒された　ぬけがら　火の付きがいい」**

敗戦数日前　哈爾浜の父の所属部隊は
部隊の引込線の列車に乗って釜山へ逃げた
父は日本行きの船には乗らず
釜山から哈爾浜の家族のもとへ帰る

それは独りぼっちの命がけの二ヵ月の旅だった
父の末期の夢にソ連兵が現れるほどに過酷な……

戦後の父は寡黙に生きた
そして生涯酒を飲み続けた
「父は潔く燃えるだろう。」
私は密かに想像した

そして　父は彷徨う意識のなかで
確かに「諸君　乾杯だ。」と言った。
そして故郷への幻の列車に乗った
静かに手を振って……

＊『詩人　金子光晴自伝』より
＊＊鳴海英吉「銭念仏」より

酷寒の町で

一九四四年二月
石造りの家の縦長の二重窓の外は
酷寒の哈爾浜

朝の仕事を終えた女は
いつ帰るかわからない男に
苛立つこともなくなって
温かい部屋で
曇ったガラス窓に
祖国の父と母と妹の名前を書いた

「私は元気よ
　暮らしは豊かで
　七月には三人目の子供が産まれるわ。」

幼い二人の子供は
外に出られない季節にも慣れて
おとなしく畳の部屋で遊んでいる
そこは
男が女と子供のためにしつらえた
はきものをぬいで過ごせる場所だ

男の出張先はいつでも明かされない
哈爾浜を出たのか
あるいは日本へ出張しているのか

男は帰宅し　また教職に戻る
学生たちも教師の頻発する出張の実態を知らない
弾道学など教えられて

和紙と蒟蒻で作った気球は
日本の海辺から
米国へ届いたのか?
なかに詰めたものはなにか?

誰にもわからないことが
おろかに粛粛として続けられている
無言の男と何も訊ねない女と
幼い子供との生活はあやうい形をしていた
窓ガラスから流れ落ちる
祖国の者たちの名前のように

一九四五年　春

哈爾浜の家
あわただしい一夜が明けた
正体のわからぬ部隊に入隊する父は
無骨な手で眠る娘たちの頬を撫でていた
(父は軍属になる。)

数日後に
住所のない部隊から
父の私服が送り返された

「おとうちゃまの匂いがする！」
娘たちは子犬のように
父の衣類の上で転げていた
長女五歳　次女四歳　三女零歳（麻疹にかかっていた）
たくさん泣いたあとで
母と幼児との
明日の見えない日々が始まった

しかし
確かな形をした夢だけが熱を帯びていた
父が戻り　家族が再び抱き合うこと
日常がまたたく間に戻り
ささやかな夕餉に向き合い
ゆるやかに日々がめぐること
それを取り戻すまでの日々は

話せば永い、永すぎる。

人々の醜い変貌のなかにいて
狂わずに強く生き抜くこと
愛する者を信じること
そして待つこと
永すぎる旅をいつか終わらせるために

幸福な国はない
幸福を願い続ける者があまたいるだけだ
生き残った者が語り続けるだけだ
気の遠くなるような永い物語を。

七歳の夏に

隣家の優しいおじさんは
「僕は戦時中　衛生兵だったのだよ。」と語り始める
「あっこちゃんのお父さんたちのお陰で
　たくさんの兵士の命が助かったのですよ。」と続く
「戦場の兵隊さんに
　きれいな水を飲ませてあげることができたので
　伝染病から守られたのですよ。」
子供の理解はここまでだった

大人になってわかったこと
父たちの任務はその部隊のわずかな部分にすぎない
別種の研究が行われていたのだ

日本軍の兵士は戦うために守られたのだ

父は長い間語ろうとはしなかった
わたしも訊ねない
父は生きて家族のもとへ帰ってきたのだから
もうそれでいい

ある日
老いた父はこれだけを語った

そのきれいな水の発想は

ある南方の島民に伝染病がないことに気付いた時にはじまる
島民は素焼きの土器を水の浄化槽に使っていたのだ
哈爾浜で同質の土を探し出して
浄化槽を作り
前線基地に設置したのだと……

胴吹き桜

一九四六年秋、父母と幼い三人の娘たちが満州から引き揚げてきたとき、まずは母の実家に身を寄せた。そこには十五歳の叔母がいて、「お姉ちゃん」と呼んで共に暮らした時期があった。かつて、末っ子の叔母を育てたのは十七歳年上の母だった。母が満州の父に嫁いだ時には毎日泣きながら母に手紙を書いていたという。

時は過ぎて、八十歳を越えた母は末っ子の私をその叔母の名前で呼ぶようになった。叔母は「ごめんなさいね。」と言うけれど、私は悲しくなかった。母は満州へ嫁いだ時からの記憶をすべて失くして、少女になっていたのだから。

そうして父が死んで、母が死んだ。

それから何年経っただろう。八十歳を越えた叔母から電話がかかってきた。今まで語ったこともない話を始めた。それは引き揚げ前後の切迫した時期に、自らの足で歩く機会もなく、その上栄養失調だった二歳の私が三歳になってようやく歩いたという話だった。甓の幼児は親族の大人たちのあとあとまでの語り種になっていたようだ。

「数日帰国が遅れたら、この子は死んでいたと、お医者さまが言っていたわ。」

「でも、どんどん回復して元気になったのよ。」

「可愛くて可愛くて、いつでもどこにでも連れていったのよ。」

「みんなが可愛いと言って下さったのよ。」

「あなたのおじい様は、あなたを連れて、いつも散歩をしていたわ。

こんなことをして頂いた孫はあなただけよ。」

かつて恋の話をしたり、家族の苦しさを互いに語りあった叔母はどこへ行ったのだろう?叔父や従妹の話も出てこない。ひたすら私の幼い頃の話ばかりする。
かつて母が失った記憶を、叔母が語っている。母が語らなかった分まで。

そして
「叔母さまの家の最寄駅はどこでしたか?」と訊ねると
「どこだったかしら?」と答える。
「時々わからなくなるのよ。」と続く。

窓から見える桜の古木は
思いがけないところに　いたるところに胴吹き桜を咲かせ
風雨にまかせて散っていった。

姉妹

六歳。五歳。二歳。

一九四六年初秋　三姉妹の満洲からの引揚時の年齢である。

おとなしい長女は肋膜炎の治りきらない体で小学校に入学した。下校すると微熱に苦しんでいたらしい。

活発な次女は皮膚炎の治りつつある体で、その翌年小学校へ入学したらしい。

三女は三歳まで歩くことができず、皮膚炎は頭髪にも及び、髪の毛が育たず、躄のように家のなかを移動していたらしい。この記憶はないから、普通の小学生だと思って入学した。髪の三つ編みが細いのが気になったけれど。

それから六十数年、次女は亡くなり、長女と三女が語り合う夜。

「あなたは小さい時から自分を可愛いと思っていたでしょ?」

妹は思いもよらぬ姉の問いかけに驚きながら

「不美人とは思わなかったけれど、可愛いとも思ったこともないわ。」

続いて「あなたはどうだったの?」と尋ねる。

「いつか、年頃になったら、綺麗になれるのかしら?と思っていたけれど……。」

美人とはかくも切実な願いだったのか?

ちなみに三姉妹ともに、世間的基準に照らせば、世間が思わず振り向いてくれる要素などなにもないのだ。昔から。

「あなたの手はきれいね。」姉は妹の手をさする。

それからおもむろに、姉は幼い長女と次女がお揃いの上等なワンピースを着せられて、哈爾浜の写真館で撮った写真を、ニコニコと妹に見せながら「あなたの写真はないわね。」と言う。確かにわたしの哈爾濱での幼児期の写真はない。


翌日の八月十一日、百歳で亡くなった伯母のお葬式に行く。

そういえば、叔母とか伯母とか沢山いたわ。（生めよ。増やせよ。）小さくて、歩けない三女は皆様の同情をかって、可愛がられたらしい。祖父母にも。

そこが問題点だったとしたら、戦争とはなんと長い間、人間の心を犯し続けていたのだろう。記憶にない時間まで、取り戻すにはどうしたらいいのやら……。


それなら三女だけが学校の成績が悪かったのは、第一次成長期の栄養失調のせいではないか?と戦争のせいにしておく。いや、証人はいる。中学時代の教師が言っていた。「十九年生れのこの学年は、出来が悪いのだ!」と。教師の出来も悪うございましたが……。それぞれみんな不出来な時代でございました。

歩き始めたあっこちゃんが

満洲・哈爾浜生れのあっこちゃんが
零歳の時にはお父さんが軍属になった
一歳の時には日本の敗戦
二歳の時には日本へ引き揚げて
三歳になって　やっと歩き出した
それが家族の終戦だった

（ここまでは記憶にない。）

それで幸せになったわけではない
お父さんは悪夢に目覚める夜が繰り返されて
お母さんは病気ばかりして

二人のお姉ちゃんは哈爾浜の記憶があって
その記憶の重さと
それぞれが背負った栄養失調によって
三姉妹の生涯をそれぞれに分けた

大人たちの話をまとめてみると
その中心には
いつまでも歩けなかったあっこちゃんがいる

記憶にないものを
父母　祖父母　叔（伯）父や叔（伯）母　の記憶から

想像してみる
それに姉たちの幼い記憶を重ねても
見えてこないものがある

それが幸せなのか
不幸なことなのか
それを知っているのは
二人のお姉ちゃんかもしれない

少女時代・夏

二人の姉は蚊帳のなかで眠ってしまった
七歳の少女はまだ眠れない
居間には母の背中が見える
書斎の父はまだ起きているのだろうか

眠れない夜には蚊帳のなかに蛍が飛ぶ
浅い眠りのなかでは
色とりどりの絵の具が泳ぐ
空のなか？　海のなかだったのか？

母はひっそりと庭に出ていった
しばらくして小声で少女を呼んだ
庭の板塀では
蝉の羽化がひっそりとすすんでいたのだった

「ほら　もうすぐよ。」

「いたいの？　きみどり色ね。」

「子供の色ね。」

「飛べる？」

母は「がんばって。」と声をかける
蝉が苦しんでいる
そこを抜けたら
自由に飛べるのだろうか

父の書斎の灯りが消えた
さらに暗い夜の庭
母と少女は共犯者のように
秘密の光景を息をつめて見ていた

小さな奇跡

小さな奇跡を必死に積み上げて
満州から引き揚げた女の児と
小倉に落とされるはずだった原子爆弾を
免れた男の児は
一九四四年の同じ日に生まれていた

女の子は哈爾浜に
男の子は下関に
哈爾浜の時刻は

内地と同じく回っていた

大きな歴史の翻弄から
はじき出されたところから
人々の戦後の日々は始まった
小さな出来事の積み重ねの
ほんのわずかな手違いから
二十年後に二人は出会う

それから五十年……。
男の先祖は長州藩で
女の先祖は会津藩で
まさに戦場の如きものであった
……と言うのはささやかなことで

子供が戦場で死ぬことはない
……と言いきれるだろうか？

様々に壊滅した国で
生きているのよね。私たち
よくここまで生きてきたわ。

きつねの嫁入り

境内を歩いていると
晴れた空から雨粒が落ちてくる
きつねの嫁入り
小さな傘に身を隠し
雨があがれば
束の間　虹がかかる

夕暮れの川にかかる鉄橋を
電車が渡ってゆくとき

こころのなかでつぶやく
わたくしは提灯を掲げて……
夢へ嫁ぐものとして産まれた。
死へ嫁ぐものとして生きてきた。

幾多の日々
夢の約束へと嫁ぎつづけ
死あらばこそ
日々を生きついできた
業火をくぐりぬければ
死よ　あなたは満遍なき天の如雨露だ

やがてあなたに嫁ぐため
今日から水の糸を紡ぐ
そして　水の衣装を縫う

天から降りてくる一人の水夫を待ちながら
生きることは多忙である。
死を待つことに手落ちはないか。

秋分

夜と昼のあわいに
天の秤が平衡を保つとき
闇の広がりに　光の昇降に
時間が等しく与えられる

夜は昼に　昼は夜に
互いに美しい分割線をひいている
窓辺で無口に
その温度差に触れていたい

地上に生きる者たちは
ひかり溢れる空を見上げる
その眩しさに目が眩む真昼
わたくしはうつむく

夜になれば
天の樹に実るりんごを一つもぎました
天には小さな空白
手のひらには重い罪

はるかな死者たちは
天にそれぞれの灯りをともす
そして　朝のテーブルには
傷を負ったりんごが一つ　静かにある

初夏

ページを繰る音の合い間に
コップのなかの氷の
ひび割れる音がする

猫の背をしている自分を
キリンの首に変えて
窓の向こうの薄い空の色を見る

季節は日々動いてゆく

約束されたことを
大きな球体は律儀に果たしているようだ

手首の切り傷がツンと痛む
台所仕事のわずかな迂闊が
手首に触れただけ

深い意味もなく
深い傷でもなく
しかし痛覚が時折訪れる

その痛覚が
見知らぬ自分をつつき出す
「何でもない。」と心のなかで応える

かつての死にかけた幼子は
一度たりとも死を望んだことはない
他者にも　自らにも

しかし　この痛覚はなんだろう?
また猫になって
本に戻る

そこにはおびただしい死者が横たわり
傷ついた者がうずくまり
私が見つめることを待っていた。
七十数年の時を過ぎても　なお
深い悲しみの断層のきしむ音が痛い

春夜

今日と明日の境い目あたり
仮説のような時間のなかで
柔らかな言葉が途切れがちに聴こえる
音楽のように
漣のように
わたくしの耳はここまで育った

死はいつでも
見えないところに託されていて

わたくしはここにいる

眠るときに
胸のあたりに静かに降りてくるものの気配で
それだとわかる
が　わからない

夜更けに春嵐
地上は擦過傷を負っているだろう
ひどく痛むだろうか

夢のなかで
遮断機がひっそりと下りた
光る列車が
闇のなかを走り抜けていった

遮断機は下りたまま
月だけがそこを越えていった
月の後姿を見たことがない

死の横顔は
時折　見えるが
ぬるい暗闇に抱かれて
静か

小春日和

随分永い間　西郷隆盛が「ツン」とともに
憂い顔で空を見上げている
背後では　大銀杏がしきりに落葉する
黄色い地表　青い空

動物園のベンチでも
老人が空を見上げている　バクのように
もうこれ以上観るものはないというふうに

山茶花の花びらが
日陰の道にしきりに落下している
紅い地表　白い雲　ペンギンの散歩

気球がゆっくりと
晴れた空を移動している
幼児が手を上げて飛びあがる
猿を見ずに　猿みたいに

キリンは高い空に
しなやかな首を差しいれている
ハシビロコウはじっとしている
飛ぶことを忘れているようだ
空を背負っている象の大きな背中

午後の空を都鳥が飛んでいる
どこから来たのか?
外国船を見たか

鈴懸の木の実が
空に吊られてまるく揺れている
リスが走る

夕焼け空を
猿たちが静かに見つめている
キリンの首の右半分が赤く染まる

空は空と名付けられてさらに果てしない
間もなく夜になる
朝はどこまで運ばれたのか

万緑

遍路路の路傍に生ふる大葉子の無名の生を生きませり母は　高野公彦

瞬く間に
新緑は万緑となり
花は時を忘れることなく咲き
ヒトの惜しむ思いを散らしてゆく

ヒトの思考は
自然への驚きに傾いて
季節が繰り返されるたびに
懐かしい記憶を呼びよせる

父の夕方の水まき　その直後の夕立
母のオオバコを残してゆく庭の草取り
祖母のトクホンくさい浴衣
祖父のパナマ帽

抱えきれない記憶を
重いとも思わずに背負って
繰り返される季節をめぐって
祖父母や父母のいない日々を生きてきた

大きな樹の下に
ふたたびたたずんで
わたしはここに生きていますと
誰に告げよう

凍蝶

星を捜していたのに
小雪が音もなく落ちてくる
夜の無音の闇に立ちつくし
両の掌をささげる
重さのない冬の結晶は
掌の微熱に溶けてゆく

その掌から
幻の凍蝶が天にのぼる

天の蝶は懐かしい人の声を
微かに微かに届けてくる

聞き取れなかった父母の最後の言葉を聞かせて下さい

一九四六年九月
葫芦島からの引揚船のなかで
死にかけた幼子が
母の薄い乳を吸い尽くし
父の温もりに抱かれ
水葬から辛うじて免れ
ここまで生きてきました

そうして
老いた父母の傍らに

健やかな私が寄り添うことができました

私の死に立ち会う者は誰か？
と問えば
饒舌な舌を持つ
大きな黒い影が立ち塞がる

天の蝶よ　父よ　母よ
この風景をふたたび見てはいけません

生垣

古い家の生垣の
内側と外側に立つ女たち
低い声でありながら生きている声
いつでも話題は「人の死」や「老人介護」など

女たちは若いとはいえない
話題の老人がこの世を去れば
突然自らの老いに驚いたりするのだろう

生垣は人間の寿命の数倍生き続け
庭師が姿を整え続けている
時には無残に枝を張り出した数年もあった
住人の代替わりがあれば
また様子を変えて
新しい表情を見せたりもする

しかし
生垣の内と外とで交わされる会話は
いつでも霧のように死に覆われている
時には残照に照らされて
「ここだけの話」が炎上することもある

生垣の根方には
犬や猫や金魚の亡骸も埋めてあって

そこだけ土が柔らかく
芳しい死の匂いが立ちのぼるが
女たちは自らの影で気付かないようだ
庭では季節毎に
様々な花が咲いては枯れてゆく

女たちは
幾世代も超えて
その生垣をはさんで語り続ける
いつまでも死なない女が
一人いるかのように。

花筏

ひとひらの花弁より先に
一輪の桜が落下するのは
蜜を求める小鳥たちの仕業です
たくさん吸うがいい
目白　雀　雉鳩　鶯よ

この川に花筏が流れるのは
数日先のこととなります

梅が咲き　桃が咲き　桜が咲き
そしてそれぞれに散ってゆきます
こうして春を送り
次の季節に歩き出します

あなたのところへ辿り着くまでに
幾度の春を見送るのか

引揚げ船の中
「この子はすでに死んでいる
　水葬に臥するべき」という命令に
我が母は
「いいえ、死んではいません。」と幼い私を抱きしめました
それから七十余年生きてきました

あの時渡ったものは海ではなく
大陸から島国へ帰還する
揺れる命の坩堝でした

幼い私を溺死から救って下さった母よ
瘦せた母の乳房よ
川の向こうの
桃咲く郷で
ふたたび会える時には
私があなたを抱きしめたい

水辺

用水路沿いの小路に
昼顔の枯れた蔓が
花のない紫陽花の木を覆いつくしている

もつれた蔓が枯れてゆく時間に
紫陽花の木が耐えるのか？
人の手がぷつんぷつんと切ってゆくのか？
それぞれのいのちの生きのびる形を想う

今　のどの奥に

溢れる声をとどめているだけよ
この小さな島国にも
また種から芽吹くように
あるいは新芽を吹くように
季節は何度でもめぐってくる

七十年経てば
ヒトは戦争の続きを芽吹かせ
もつれた歴史の蔓を伸ばそうとしている

もつれた蔓を
丹念にほどいて
新たに織りはじめる
機織女が
その水辺にそっと立っていないか

ひまわり

重い花冠をめぐらせて
陽を追いつづけた花は
陽の色をまとったまま
夕闇のなかでうなだれている

先ほど
七〇年前の天皇の声を聴きました
戦争はとうに終わりました。
日本は敗れました。

勝つことも敗れることも
どちらも正しいことではないでしょう

明日になれば
また花首を正して
陽を追いつづけます

わたくしが枯れても
おびただしい数の種子たちは
鳥の腹を満たし
地に落ちたものたちは
やがて次の夏に花となりましょう

遠い昔から
繰りかえし繰りかえし

そのように生きてまいりました
夥しい戦を潜り抜けながら

繰りかえし生きることと
繰りかえし戦をすることとは
全く違うことではありますが……

花たちよ
たくさんの種子を残しましょうぞ
「ああ　首が痛い」

落下

水は水を脱ぎ続けて
空の高みへ飛翔しようとする
噴水という仕掛けはそれを裏切り続けている
カラスが幾度も水浴びにしくじっている
真昼の公園　水の落下

夜の果樹園
果実の落ちる気配がする
成熟とも腐乱ともわからぬ球体には

死がひっそりと宿る
自然がおこなう収穫は
落下以外なにがあろう？

夜更けのあかりの下で
清音と濁音の奇怪な繋がり
白紙のうえに
ことばは幾度も落下をこころみるが
消去

眠ろう　夢のなかに落ちる
父が呼んでいる
母がわたくしを手招きする
死んだ兵士に手をつかまれる
誰なの？

闇の海に落ちた赤子に
天の釣り糸が垂れてくる
誰なの？

夢からも落ちて朝が来る
光のなかで
りんごがテーブルから落ちた。
おはよう
ニュートン

あとがき

記憶にないものを、書くという作業は迷路を歩くようなものでした。
それでもなお、書いておきたいと思いました。
ささやかな「命の記憶」と言いましょうか。
あるいは「秘かな伝言」かもしれません。

二〇一八年　十月

高田昭子（たかた　あきこ）
一九四四年七月三日哈爾浜生まれ　栃木県足利市出身
詩集
『河辺の家』（一九九八年・思潮社）埼玉文芸賞準賞
『砂嵐』（二〇〇二年・晧星社）埼玉文芸賞大賞
『空白期』（二〇〇六年・水仁舎）

胴《どう》吹《ぶ》き桜《ざくら》

著者
高田《たかた》昭子《あきこ》
発行者
小田久郎
発行所
株式会社思潮社
〒一六二―〇八四二　東京都新宿区市谷砂土原町三―十五
電話〇三（三二六七）八一五三（営業）・八一四一（編集）
ＦＡＸ〇三（三二六七）八一四二
印刷所
三報社印刷株式会社
製本所
小高製本工業株式会社
発行日
二〇一八年十月三十一日